神笔马良

洪汛涛/文　王晓鹏/图

上海教育出版社
SHANGHAI EDUCATIONAL
PUBLISHING HOUSE

图书在版编目(CIP)数据

神笔马良 / 洪汛涛文；王晓鹏图. –上海：上海教育出版社，2015.6

（中国童话绘本）

ISBN 978-7-5444-6249-5

Ⅰ.①神… Ⅱ.①洪…②王… Ⅲ.①儿童文学－图画故事－中国－当代 Ⅳ.①I287.8

中国版本图书馆CIP数据核字(2015)第080528号

中国童话绘本

神笔马良

作 者	洪汛涛/文 王晓鹏/图		邮 编	200031
策 划	星星草绘本编辑委员会		发 行	上海世纪出版股份有限公司发行中心
责任编辑	王 慧 杨文华		印 刷	上海中华商务联合印刷有限公司
书籍设计	王 慧		开 本	787×1092 1/16
封面书法	冯念康		印 张	2
出版发行	上海世纪出版股份有限公司		版 次	2015年6月第1版
	上海教育出版社		印 次	2015年6月第1次印刷
	易文网 www.ewen.co		书 号	ISBN 978-7-5444-6249-5/I·0054
地 址	上海市永福路123号		定 价	25.80元

从前，有个孩子叫马良。他很喜欢画画，可是家里穷，连画笔也买不起。

　　一天，他放牛路过一家学馆，看见一个画师正在给一个大官画画。马良很想得到一支笔学画画，他不知不觉走进学馆向画师说出了自己的请求。大官和画师却嘲笑他："穷娃子也想学画画？"

　　他们还把马良赶走了。马良暗暗对自己说："我偏不信穷娃子就不能学画画！"

　　马良开始自学画画。打柴时，他用树枝在沙地上画天上的鸟。割草时，他用草根在河滩上画水中的鱼。他见到什么就画什么，他画得可用心了。他下定决心专给穷人画画。

一天晚上，他正躺着，忽然屋里闪现一道金光，一个白胡子老人出现了。

　　老人递给马良一支笔，亲切地说："马良，这是送给你的笔，记住你自己的话，专给穷人画画！"

　　太棒了！马良立刻拿起笔在墙上画了一只公鸡。

　　奇怪，公鸡活了！它从墙上飞下来，跳到窗口，喔喔地叫起来。

　　原来，这是一支——神笔。

马良有了这支神笔，天天给村里的穷人画画。要什么就画什么，画什么就有什么。

有个坏大官听说了，带兵抓走了马良，要他为自己画金元宝。

马良坚决不肯画。气坏了的大官把他关进了监牢里。

到了半夜，等看守监牢的士兵睡熟了，马良用神笔在墙上画了一扇门。

一推，门就开了。马良说："乡亲们，咱们出去吧！"监牢里的穷人都跟着他逃出去了。

大官马上派兵去追。可是马良早画了一匹快马，骑上马跑远了，哪里还追得着。

他跑到了一个地方，发现那儿天气干旱，庄稼都快枯死了。农民们用木桶背水，哼唷！哼唷！真够吃力。马良立即为他们画了几架水车。农民们高兴极了。

这时，忽然出现了几个官兵，又把马良绑走了。

大官夺走了马良的神笔。

大官叫来画师，要他用马良的
神笔画一棵摇钱树。

画师刚画好，大官就急忙跑过
去摇，不过他没摇到摇钱树，倒是
把头撞出了一个大疙瘩。画上的摇
钱树没有变成真的。

　　大官给马良松了绑，假装好声好气地说："好马良，给我画一张画吧！"

　　马良想夺回神笔，就说："好，给你画一回吧！"

大官见马良答应了，非常高兴，把神笔还给他，叫他画一座金山。

马良用神笔在墙上画了个无边无际的大海。

　　大官恼怒了，大叫："谁叫你画海？快画金山！"

　　马良用笔点了几点，海中央出现了一座金山，金光闪闪，满山是金子。

　　大官高兴得直跳："快画一只大船，快画一只大船，我要上金山运金子去！"

　　马良又画了一只大船。

大官马上带了许多兵，跳上了船，叫道："快开船！"

马良画了几笔风，桅杆上的帆鼓起来，船直向海中央驶去。

大官嫌船慢，在船头大声说："风大些！"

马良又加上粗粗的几笔风，大海涌起滚滚的波涛，大船有点儿倾斜了。

　　大官害怕了："风够了！"

　　马良不理他，继续画风。风更猛了，海水咆哮起来，山一样的海浪不断地向大船压去。

　　大船翻了。大官受到了应有的惩罚。

马良又回到了村里。他为穷人画了一辈子画。人们亲切地叫他"神笔马良"。

洪汛涛（1928—2001）

著名儿童文学作家、文艺理论家，因为创作了童话作品《神笔马良》，而被称为"神笔马良"之父；由《神笔马良》改编的电影获五项国际大奖；出版《童话学》《童话艺术思考》等多部专著，主编出版了多种儿童文学报刊；是一位集童话创作与理论研究于一身的儿童文学大家。

王晓鹏

儿童插画师，倾力于将中国传统文化和元素植入当代儿童插画，以水彩水墨为载体，营造唯美、纯真的童话世界。绘有《爱忘事的熊爷爷》《蜗牛的聚会》《汉字里的故事》等。